오너라 오로라

오너라 오로라

초판 1쇄 인쇄일 2025년 3월 20일
초판 1쇄 발행일 2025년 3월 28일

지은이 최이안
펴낸이 양옥매
디자인 송다희 표지혜
교   정 조준경
마케팅 송용호

펴낸곳 도서출판 책과나무
출판등록 제2012-000376
주소 서울특별시 마포구 방울내로 79 이노빌딩 302호
대표전화 02.372.1537 팩스 02.372.1538
이메일 booknamu2007@naver.com
홈페이지 www.booknamu.com
ISBN 979-11-6752-599-4 (03800)

오너라 오로라

최이안 시집

책과나무

산수유나무

빈 가지에 나타난

작은 혈액 캡슐들

뿌리부터 우듬지까지

하늘과 숲을 마시고

초봄 노란 꽃자리에서

붉은 속내가 대롱거린다

열매가 투명한 세상을 둘러본다

새소리 머금고

더욱 붉어진다

최이안

차
례

시인의 말   5

1부   밥은 바보다

대나무   14

밥은 바보다   15

된장찌개   16

반찬의 힘   17

김치찌개와 계란말이   18

김밥 기차   20

낯선 식당으로   22

노릇노릇   24

여름 평상   25

고등어   26

을지로 팬클럽   28

주먹밥   30

동물원   32

가끔은 토닥토닥   33

길은 길다   34

같은 편   36

바늘 기도   37

수술 중   38

시냇가로 가자   39

청보리 청춘   40

다람쥐보다 멀리   41

2부   민달팽이의 꿈

민달팽이의 꿈   44

응급 사랑   45

갈매기가 바라보는 곳   46

부부 등대   47

창밖 보는 여인   48

가을엔 빨간 립스틱   50

정   51

무화과   52

생일 선물   54

원을 낳는 사랑   56

그리워 그리다   58

담 넘기   59

최대의 수수께끼   60

함덕 메아리   62

귀양   64

색 바랜 치마   65

황금 의자   66

송혜희@어딘가   68

얼음 위의 펭귄   70

쥐구멍 속 리듬   72

특별하고 불쌍한   73

3부   둥근 별

기다리는 양   76

가렵다   78

봄맞이   79

믈라카 광장   80

소싸움   82

꿈을 위하여   84

감정 연주   85

시간 단위   86

다이애나 스웨터   88

예술이란   89

자기교육헌장   90

돌아선 구두   92

광복절   94

둥근 별   95

느린 마을   96

눈   97

저수지 낚시꾼   98

한파   100

구두코   102

제헌절   103

아를의 밤   104

4부

오너라 오로라

오너라 오로라   106

감탄사   108

유채꽃밭에선   109

해먹과 거미줄   110

봄이 솟다   112

고양이처럼   113

아보카도를 먹고   114

퍼질 기회   116

속고 살기   118

담쟁이   119

노 젓기   120

기대치   121

남자의 칼   122

내리막   123

물타기   124

벗겨진 신발   125

철새처럼   126

봄은 건달이로다   127

탈출 계획   128

노을   130

돌의 입   132

5부   유쾌한 감금

피아노에서 나온 영웅   134

발 하나 더   136

달의 위로   137

막타령   138

겨울 호숫가   139

생각의 순서   140

유쾌한 감금   141

딴죽 걸기   142

대부도 해거름   145

나의 문제   146

시는 시녀다   147

보리암, 노량, 노도   148

아람의 때   149

흐르는 행복   150

해바라기 광장   151

무인도   152

반 잠   154

시한부 선물   155

숨쉬기   156

시끄러운 발바닥   157

첫눈   160

1부

밥은 바보다

한눈팔다 돌아와도

희멀건 웃음으로 반긴다

대나무

폭풍우 휘몰아쳐도
마디를 믿습니다
휘청거리다가도
비바람 털어 내겠지요

힘들 때마다
당신이 건넨 한마디도
다리를 일으킬 관절이요
고통을 묶는 매듭이었습니다

밥은 바보다

밥은 바보다

국과 반찬의 변덕을
다 맞춰 준다

좀 더 달라고 하면
얼마든지 또 퍼 준다

원래 주연이지만
조연으로 밀려도 불평 없다

한눈팔다 돌아와도
희멀건 웃음으로 반긴다

밥은 바보다
미더운 바보다

된장찌개

된장찌개에선
흙 내음이 난다

텃밭에서 거둔
호박과 파를 넣고
뚝배기에 끓이면
된장의 땅과 뚝배기의 흙은
화음 맞춰 행진가를 부른다

타국에 살 때
된장찌개를 자주 끓였다
낯선 곳의 더부룩한 허기는
허물없는 냄새에 누그러졌다
땅을 파듯 숟가락질하면
몸에서 잃어버린 흙이 채워졌다

된장찌개엔
떠나온 땅이 담겨 있다

반찬의 힘

고기덮밥을 주문했더니
반찬 두 그릇이 먼저 나온다

부추가 들어간 선홍색 김치와
손가락 굵기의 단정한 무 절임

겉멋에 반해서 먹어 보니
속맛도 실망시키지 않는다

덮밥에 고기가 적어도
국에 건더기가 없어도 괜찮다

반찬 같은 내 역할 때문일까
식당 가면 반찬부터 본다

반찬이 말쑥하면
만찬 안 부럽다

김치찌개와 계란말이

빨강과 노랑이 어디서 이처럼 잘 어울릴까.
누군가의 밭과 마당에서 이미 짝으로 점지되었다.

배추는 소금에 절여졌다 김치가 되고 찌개가 되었다.
짠맛, 매운맛에 갇혀 부글부글 속을 끓이다가 불에 제
련되어 보살의 미소처럼 해탈한 상태다. 고집 다 버리
고 물컹하게 늘어진 채 남의 답답한 속 뚫어 주고 달래
줄 아량을 갖췄다.

계란은 세상 나와 영문 모르고 동료들과 줄 맞춰 앉
은 채 팔려 왔다. 톡, 하고 세상이 열린 건지 깨진 건지
아리송할 사이에 온몸이 개성 없이 휘저어진 후, 프라
이팬 위에서 멍석처럼 돌돌 말려 접시 위로 옮겨졌다.
납치된 신부가 되어 두근두근 눈치를 보는데

식탁에서 군침 삼키는 사내가 김치찌개와 짝을 맺어 준다. 막히면 풀어 주고 성내면 달래 주고 울면 웃겨 주는 사이가 되어야지. 사내는 주례사를 한 다음, 자신의 중매가 흐뭇한 듯 신부의 손목을 끌어다 신랑 가슴에 얹는다. 만나 보니 찌르르 잘 통한다. 신랑은 뜨겁고 화끈하지만 속은 부드러운 상남자라 부끄럼 타는 신부를 덥석 안아 준다. 사내는 땀 맺힌 이마와 벌게진 입술을 닦으며 중얼거린다.

　역시 둘은 천생연분이야.

김밥 기차

김밥 한 줄이
바퀴를 뒤로 굴린다

서너 칸의 시간을 싣고
기차는 요람처럼 흔들렸다
뒤척이느라 비뚤어진 어깨를
차창은 달강달강 달래 주었다
집과 학교를 정기 열차처럼 오가며
선로의 멀미에 시달리던 시절,
누워 있던 풀이 빗줄기를 마신 듯
친구들 얼굴은 사이다처럼 투명했다
알록달록한 꿈을 김 같은 어둠에
꾹꾹 눌러 말아 놓은 채
퍼즐 같은 소풍 가방을 안고
우리는 무릎 장난을 벌였다
친구의 김밥은 어떤 맛일까
단무지 닮은 웃음을 나누며
기나긴 미지의 터널을 지났다

김밥은 벌써

종착역에 이르렀다

문밖으로 다른 기차가 기다린다

더 미끄러운 레일 위에서

낯선 식당으로

처음 가 본 동네

한적한 식당 안을 들여다보았다.

한 식탁에만 비운 그릇이 있다.

들어가 막회비빔밥을 시켰다.

아내는 밥하고, 남편이 나른다.

매생이국, 계란말이와 연근조림이 놓였다.

국물을 서너 숟가락 넣어 비비세요.

아, 비법이 있군요.

드실 만한가요?

근처에 살면 매일 오겠어요.

다 먹고 나니 남자가 안 보인다.

아니 숨어 있다.

벤자민 화분 뒤쪽 의자에 앉아 있다.

잎새들 사이로 갈라진 눈빛이 번득인다.

벤자민 잎들이 번쩍 눈을 뜨더니

나무는 공작새가 되어 몸을 흔든다.

날개에 붙은 아르고스의 눈들은

깜빡이지도 않고 이쪽을 쳐다본다.

제우스의 애인도 아닌데

천 개의 눈이 답을 요구한다.

바다 건너 도망친 이오처럼

서둘러 식당 문턱을 넘었다.

노릇노릇

노릇노릇
부추전을 부치는데
그동안의 노릇 떠오른다

부풀어 오르는 등짝을
뒤집개로 꾹꾹 누르며
갖가지 노릇 해 왔다

불 조절과 뒤집을 때
제대로 못 맞춰서
새카맣게 탄 노릇,
설익은 노릇도 있지만
차마 버리지 못했다

주어진 노릇인 듯
부추전을 다독이며
기름을 듬뿍 두른다

여름 평상

버드나무가
긴 팔 늘어뜨리고
굽어보는 곳에
평상이 앉아 있다

다가가 품에 안기면
바람이 상처를 봉합하고
햇볕이 다리를 주무른다

옆 마을 친구는 지나가다
같이 누워 잔병을 털어놓고
앞집 할머니는 환자를 일으켜
찐 옥수수를 먹인다

고달플 땐
병상 대신
평상에 입원한다

고등어

고래도
가오리도 아니다
중간 깊이에서
어우러져 꿈틀대며
피어나는 흔한 얼굴이다
맑은 눈 크게 뜨고
파도와 윤슬 새긴 가슴과
질긴 일과에 굵어진 등뼈
휘젓고 나아간다

멀미에도 기대 품고
몸 실은 낚싯배,
줄에 걸려든 것은
고등어, 고등어뿐이었다
집에 한 바구니 가져와
다듬고 소금을 뿌렸다
며칠간 몸을 맴돈 비린내는
생명체의 싱싱한 유산이었다

삶에 지친 친구에게

파도 몇 조각을 나눠 주었다

꼬리로 푸르른 물결 가르라고

고등어가 바다를 움직이듯이

을지로 팬클럽

을지로 철공소 골목

솥 안에서 칼국수가 펄펄 춤춘다

어서 오세요, 속풀이하셔야죠

하얀 피부에 눈웃음 서글한

다정식당이 국수를 휘젓는다

발길이 저절로 여기로 오네

붉은 코 신한용접이 들어선다

돈 벌어 이 집 다 갖다줘

사각턱 명진판금이 두덜댄다

묵은 기술 찾아오니 그만둘 수도 없고

눈매 날렵한 대동정밀이 한숨 쉰다

내일은 힘 합쳐 비행기 하나 만들자고

어깨 떡 벌어진 은성금속이 침 튀긴다

어젯밤 곱창구이에 다들 과음하셨어

다정식당이 칼국수에 대파와 호박 얹는다

내 청춘도 여기 다 녹아 있어

문간의 구십 노인이 눈길로 일 거든다

을지로 장모님과 우리 마돈나 덕에 살제

쇠 다루는 남자들이지만 속은 무르기만 하다

어, 배 속에서 고속도로 뚫린다

다정식당 얼굴 한번 보고 국물 한입 삼킨다

쇳가루 마시고 기름때 묻히면서도

하루 두 끼 만나 팬미팅하며 파이팅한다

주먹밥

33세에 고종의 승은을 입자 민비가 궁에서 쫓아내 10
년 동안 사가에서 지내다 민비 사후에 환궁해서 용기
와 배짱으로 고종의 마음을 얻어 러시아 공사관에서 44
세에 임신해 한반도 역사상 최초로 황제의 아들을 낳고
궁궐의 안주인으로 세도를 누리다 일본에 인질로 보낸
아들이 행군 도중 길에서 주먹밥 먹는 활동사진을 보고
급체하여 아들아들아들아들아들내아들내아들내아들귀
한내아들귀하디귀한내아들아

아

아

아

아

아

아 주먹밥이 웬 말이냐며 58세
로 숨을 거두면서 무슨 탓인지 누구 탓인지 가슴 두드
렸던 엄비지만 아들은 일본의 환대에 감사하며 지냈다
는 말이 있다아

아

아

아

아

아

아

동물원

주택가 숲과 물은
낯선 동물을 품고 있다

너구리는 어두워지면
기어 나와 어슬렁거린다
자라는 폭우에 밀려나
잔디밭에서 헤맨다
고라니는 산책로에서
사람을 넘어뜨리고 달린다

마음도 동물원이다
야생동물이 틈만 나면
불쑥불쑥 튀어나오는,
철창이 허술한 동물원이다

가끔은 토닥토닥

둥그런 빵 반죽 다독이듯이

나를 안고 토닥토닥한다

괜찮아

가끔은 벽도 의자도 토닥토닥

괜찮아

가끔은 바위도 가로등도 토닥토닥

괜찮아

두 팔로 두른 품 안에선

갓 구운 빵 냄새가 난다

길은 길다

길은 길어서 길이다

얼굴은 보이지도 않는데

꼬리 늘어뜨리고 도망 다닌다

구부러지고 갈라져 오르락내리락

용인가 하면 구미호로 변신한다

이 길 저 길 기웃대다

등짝에 오르기는커녕

뒷발에 차여 넘어지고

꼬리 놓쳐서 나뒹군다

소슬한 풀밭에 주저앉으니

나 잡아 봐라, 길이 다시

탐스러운 꼬리를 흔든다

같은 편

땅은 잡초와 한편이다

폭우에 나무가 뽑히고
꽃들도 흔적 없지만,

물살과 줄다리기할 때
땅은 잡초의 허리를 잡고
기어이 놓지 않는다

자신이 무너질지언정
두 팔을 풀지 않는다
젖 먹여 키운 자식인 양

바늘 기도

가느다란 화살이
흐릿한 과녁을 향한다
옷과 이불 위 수복강녕은
꽃밭처럼 돋아 있다

어릴 적 집에서 보던 수틀
천에서 글자는 몸을 비틀었고
하얀 비단실은 자벌레처럼
검푸른 대지를 오르락내리락했다
어머니가 갇혀 있던 고문틀은
엎드린 집념을 위한 화판이었다

천에 찌르는 한 땀마다
옷에 스미는 진땀 얼룩

땀 밴 땀은 기어서
바늘 기도를 올린다

수술 중

부슬비 오는 일요일 아침
소음에 창밖을 보니 철모 쓴 이들이 작업 중이다
용의 허리 토막 같은 둥근 관이 수술대에 올랐다
절단기가 환부를 도려내는 단호한 톱질이 그치자
용접 불꽃이 붉은 비명의 비말처럼 사방으로 튄다

오늘 온수가 안 나온다는 방송이 생각났다
저 관을 통해 온 물로 설거지와 샤워를 하는구나
얼마나 많은 관과 전선이 지하 암호로 얽혀 있을까
난 마리오네트처럼 그들에게 부축을 받는다
수리공은 지금 나를 고치고 있다

시냇가로 가자

마음에 붙은 불,
바람이 부채질할 땐
시냇가로 가자
그 옆에 앉아 눈 감고
울퉁불퉁한 물소리를 듣자

하늘에서 내려와 굽이굽이
쇠박새 울음 잠긴 숲을 지나
다람쥐 기웃대는 산촌 지나
아파트 부대끼는 도시 지나
굴뚝들 식식대는 공장 지나
꽃대궁 나부끼는 파밭 지나
마침내 태평양 품에 안길 물

물소리 따라 흘러가면
불길은 물거품처럼 부서져
공기 되어 훌훌 날아가고
마음도 태평에 이르리라

청보리 청춘

누군들 서슬 퍼런 청춘 없었을까

까칠한 표정에 머리카락 휘날리며
바람 따라 싱그러운 휘파람 분다

무리 속에선 물결처럼 부드러워도
가까이 오면 날 선 톱니로 할퀸다

겨우내 우락부락한 추위와 싸우느라
차오른 힘줄로 오롯이 봄을 세운다

풋, 푸르, 푸르르르, 푸르르르르르

다람쥐보다 멀리

다람쥐는
백 미터 안에서
돌아다닌다

멀리 가면
포식자 만날까
귀갓길 잃을까
습관을 거스를까

까, 까, 까 때문에

일어나
까, 까, 까
차, 차, 차 버리고
다람쥐보다 멀리
가 봐야겠다

2부

민달팽이의 꿈

단단한 집 지을 꿈,

축축한 등에 업고

민달팽이의 꿈

집이 없습니다

뼈대가 없습니다

성급함도 없습니다

두근대는 더듬이 세워

비밀처럼 어두울 때,

피땀을 흘리며

조금씩 다가갑니다

언젠가

당신을 위해

단단한 집 지을 꿈,

축축한 등에 업고

맨몸을 밀며 갑니다

응급 사랑

옷깃만 스쳤는데
우주가 흔들렸다

천둥과 번개로 가득 찬
남자의 가슴은 쓰라리게 부풀었다

여자와 카페에서 다시 만나는 날,
그는 실신한 마음을 안고
구급차처럼 달렸다

상대를 보자 갇혔던
모든 숨은 폭발했고
여자도 황급히 두 손을 맞잡았다

응급에 대한 응답이었다

갈매기가 바라보는 곳

성난 눈보라 속
갈매기들이 모래밭에서
육지엔 눈길도 안 주고
모두 뒤돌아 앉았다
눈을 부릅뜬 채
구름의 표정을 살피고
파도의 심기만 쳐다본다

젊어서 이민 간
이모도 사는 동안
내내
태평양만 바라보았다
폭풍우 속에서

부부 등대

저마다
자리를 지키며

오가는
배를 보살피고

파도를
밤낮 맞더라도

감싸는
눈빛을 나눈다

창밖 보는 여인

– 에드워드 호퍼*의 시선을 따라

아침이 기어오는 침대에서
속옷 바람의 무릎 웅크린 채
여인이 창밖을 본다

건물이 촉수 뻗으며 하품하자
선잠 깬 지붕은 눈을 비비고,
슬며시 들어온 네모난 햇빛은
사선의 자화상을 벽에 그린다

밤을 지낸 남자가 떠난 거리
그 너머 고정된 사막 같은 시선

유리창은 남겨진 말을 세어 보고
찌꺼기가 된 생각을 휘젓는다

창이 환해지도록

갈 곳도 할 일도 없는 숨겨진 여인

허공에 기대어 화석으로 앉아 있다

저녁을 바라보는, 바라는 눈길로

* 에드워드 호퍼(Edward Hopper, 1882~1967): 미국의 사실주
 의 화가

가을엔 빨간 립스틱

잎이 입에
립스틱을 발랐다
빨간 입술들이
바람결에 입을 연다

어서 와

무더위에 성숙해져
그리움을 안다는 듯
그늘로 오라고 초대한다

사랑을 잃었다면
대신 입맞춤해 주겠다고
붉은 입술을 얼굴에
하나 가득 안겨 주겠다고

정

동백 잎처럼 반짝이는

실개울처럼 흘러가는

노란 신호등처럼 이어 주는

리넨 자수처럼 새겨지는

잉크 자국처럼 남아 있는

생선 비린내처럼 스며드는

단물 빠진 껌처럼 들러붙는

무화과

꽃은
날지도 못했다
조롱에 갇힌 새처럼
속울음만 붉었다

빛도
안으로만 삼켜
꼭꼭 눌러 쟁였다

낯선 동굴에서
모래를 씹듯이
꽃봉오리 터뜨렸다

한 송이씩

외마디 폭죽

웅크린 한풀이가

어둠 속에서

찬란히 깨어난다

생일 선물

노란 호접란을 샀다
몽글몽글 햇무리 속에
나비 열 송이 앉아 있다

물병자리 별들이
서서히 환해질 무렵
세상이 다가왔다
은하수 잃어버리고
얼마나 두려웠을까

해가 내려갈수록
몸과 마음이 가라앉는다
블랙홀 속에서
순서를 기다리는 별처럼

생일은 어지럽다

축하합니다

나비 떼가 주위를 맴돈다

원을 낳는 사랑

0101100011001110001110111

'사랑' 안에 있는 '사라', '살아'

사라

값없는

마음을 사라

살아라

함께 살아서

알 같은 동그라미,

강강술래 울타리를 그려라

Ø   Ø

Ø   Ø

Ø   Ø

Ø   Ø

Ø   Ø

Ø   Ø

Ø   Ø

Ø   Ø

그리워 그리다

그대와
맑은 햇살 아래
너른 풀밭에서
수평선 너머를
바라보는 그림

명화가 될 뻔한
창고 속 미완성작
그러나
영원한 소장품

그리우면 꺼내어
가느다란 붓으로
점점이
꿈방울을 그린다

담 넘기

한마음으로 결혼했지만,
치약 짜는 부위가 다르고
화장지 거는 방향이 다르고
웃옷 접는 방식이 다르고
일어나는 시간이 다르다

예전엔 달라서 좋았고,
이제는 달라서 다툰다

다르지만 틀리지 않은
남남이 쌓아 가는 흙벽

세월은 담을 넘어
인동꽃을 피운다

최대의 수수께끼

내 안에 들어앉아 너를 보네
동굴이라 누군지 알 수 없네
눈 감고 손으로 얼굴 더듬어도
익숙한 골목 떠오르지 않네
거울을 꺼내 두 눈 마주하면
싱크홀에 빠질까 무서워지네

나 대신 너를 보아주는 사람들
이렇다 저렇다 한마디씩 던지네
나도 모르는 너를 설명하는 말들
수메르어보다 시큼하고 떫다네

카레이서 켄 마일즈는 시공간이
사라지는 찰나에 한 생각만 했다네
나는 누구인가
그는 속도 너머로 답을 찾아갔네
별이 되는 순간에도 못 잊는
큰 수수께끼가 하늘에 있다네

너는 누구일까
바닥이 안 보이는 눈동자
슬며시 거울 내려놓네
나를 치워 놓듯이

함덕 메아리

바람이 분다, 미친 듯이
섬이 돈다, 미친 듯이

야자수는 머리 뱅뱅
내 마음은 네게 빙빙

너와 함께 보던 바다,
카페는 그 자리에서 기다리네

파도 넘고 사라진 너
바람 타고 올 수 있니

두 손 잡고 걷던 해변,
물결은 삼단 폭포로 달려오네

바람이 분다, 미친 듯이
이름이 돈다, 미친 듯이

거품 넘고 사라진 너
메아리 타고 올 수 있니

야자수는 머리 뱅뱅
내 마음은 네게 빙빙

.

귀양

사랑을 보냈네

한순간을 표백하고
이지러진 불꽃 다발
반딧불이로 번지는

은하수로 짜인
가시 울타리에 갇혀
귀뚜라미 울음 우는

눈빛 주춤하며
어디선가 고개 돌리는
길들인 매의 비행 같은

사랑을 보냈다네

색 바랜 치마

서로 헤어진 지 10년, 홍 씨는 강진으로 유배된 다산에게 30여 년 세월에 누렇게 변한 다홍치마를 보냈다. 아홉을 낳아 세 아이만 건진 세월 함께하며 오십을 바라보는 부인처럼 치마는 지쳐 있었다. 다산은 아이들에게 당부하는 말을 적고 하피첩을 만들어 보냈다. 18년 만에 돌아온 다산은 부인과 재회하여 잃어버린 세월만큼 보충하고 회혼일 새벽 눈을 감았다. 치마는 기대로 붉어진 예복으로 펄럭이다, 한숨에 젖은 편지로 떠났다가, 다산과 새 여인의 사랑 엿들은 증인이었다가, 아이들 가르치는 책으로 돌아왔다가, 후손에게 가보로 대물림되다가, 전쟁 통에 길 잃고 폐지가 되었다가, 간신히 목숨 건진 국보 대접받다가, 귀양지로 돌아와 박물관 전시품으로 휴식 중이다. 치마는 변신과 여행을 거듭하며 이백 년을 살아 냈다. 앞으론 영원히 안주할 것이다. 박제처럼 앉아서.

황금 의자

황제라면
황금 팔걸이 의자에 앉겠다

목 늘이며 큰 방에서 회의를 열겠다
형형한 눈빛으로 좌중을 둘러볼 때
등 굽힌 이들의 웅크린 시선 들여다보리라
금홀을 손에 쥐었지만 빛으로 눈을 찌르지 않고
너른 볕으로 그들의 쭈그러진 속내를 비추리라

의자에서 내려와 현무암 같은 두 손을 잡아 주며
짓무른 창자처럼 구불거리는 사연을 귀에 담으리라
그 눈물이 모여 황금이 반짝인다는 것을 알리라
팔걸이에 팔꿈치가 미끄러져 이마를 박아도
왕관이 바닥에 굴러떨어져도 황금 의자에 앉으리라

황금 의자는 주인을 황금으로 만든다는 전설쯤은
금박 망토를 휘둘러 창밖으로 날려 버리리라
햇빛을 두 손으로 받아 의자에 듬뿍 바르리라

그는 금빛 라면 물결을 한 젓가락 건져 올린다

송혜희@어딘가

시청 앞 송혜희 찾는 현수막
돛을 올리고 닻줄을 끌어당겨
아버지는 길목마다 연락선을 띄운다
새들은 뒤돌아보며 얼굴을 새겨 두고
바람은 글자들의 귀를 팽팽히 잡는다

전단지 끌어안고 농약을 마신 아내
그는 죽기는 포기했어도 딸은 아니다
귀신이 돼서라도 찾을 거요, 아빠니까

마흔 넘은 여고생의 멈춰 버린 미소
어느 광고모델보다 친숙한 실종 인물

어느 날 아버지는 교통사고를 당했고
이제 시든 트럭 남겨 놓은 채
날개 달고 하늘을 뒤질 것이다
어딘가에서 기다릴 딸을

사거리에서 펄럭이는 마지막 편지들

송혜희@어딘가 메일함에 쌓인다

@

@

@

@

@

@

@

@

@

@

@

@

@

@

@

얼음 위의 펭귄

빙산이 병풍처럼 둘러섰고

얼음 조각이 떠다니는 사이로

펭귄들이 헤엄쳐 돌섬 위로 산다

뒤처진 몇 마리는 얼음덩이에 올라섰다

새파란 원형질이 사방에 일렁이는

겨울 왕국의 귀족은 허둥대지 않는다

순간, 물범이 얼음 위 펭귄을 덮친다

물범은 먹이를 다듬기 위해

주둥이로 요리조리 패대기친다

그 틈에 갈매기가 잽싸게 한 점 물어 간다

물범 주위로 짓이겨진 봉숭아 꽃물이 퍼진다

섬 위의 펭귄들은 얼음이 되어 내려다보고

고개 든 포말은 비릿한 입술을 닦는다

창밖에도 건물이 빙산으로 서 있고

자동차가 얼음덩이로 둥둥 떠다닌다

사람들은 팔 저어 섬을 향해 헤엄친다

신호등에 걸리면 물 밑의 두 다리 버둥댄다

어디서 물범이 솟구칠까 두리번거리다가

여차하면 SOS 보낼 핸드폰을 움켜쥔다

쥐구멍 속 리듬

남몰래 숨어
두근두근거리는
가슴이 어둠을 울리네

햇살 비치어 두근대나
바람 스치어 두근대나
두근대어 그대 그리운가

비좁은 황야에서
홀로 마시는
쓰디쓴 리듬

두근대는 북소리
그대 등 뒤에서만
온 세상을 울리네

특별하고 불쌍한

생명은 특별하다
동시에 불쌍하다

열흘이면 시들 꽃을
온몸으로 피워 내고

내일을 모른 채 오늘
온 힘으로 살아가는

별을 가꾸는
별을 빛내는
별을 떠나갈
별로 변해 갈

불쌍하고 특별한
별의별 별들

3부

둥근 별

별은 낳는다

꿈을, 삶을, 빛을

기다리는 양

하늘 향해
버둥거리는
양 한 마리

털 안 깎고 달아나
제 무게에 갇힌 채,
눈앞의 풀만 쫓다가
웅덩이에서 뒤집어져
일어설 수 없다

어느새 나타난 독수리
양의 숨결 길어 올려
허공 돌며 시간을 잰다

멀리서 들리는가

목자의 지팡이 소리

양은 울음 쿨럭이며

두 귀를 파닥거린다

가렵다

앞산 땅바닥에 눈이 깔려 있다
갑자기 머리가 가렵다
비듬을 긁으니 잔설이 흩어진다

건물 외벽의 페인트가 들떠 있다
갑자기 등이 가렵다
등짝을 긁으니 칠 조각이 떨어진다

광장에서 누군가 거짓말을 한다
갑자기 온몸이 가렵다
여기저기 긁으니 그의 말이 뒤섞인다

봄맞이

들에는
씨를 안 뿌려도
꽃이 핀다

마음엔
꽃을 심어야만
봄이 온다

믈라카* 광장

태양을 갉아먹은 벽은
카레 냄새를 내뿜고
뱃사람들 짠내가
찐득하게 밴 창틀은
소독된 오후의 물결을
내려다보며 하품한다

돌 위로 발자국이
색색으로 엉켜 쌓이고
행인들의 눈빛은
해적 칼날처럼 번득인다

동양과 서양
인도양과 태평양을
이어 주는 믈라카
금과 향신료를 거래하며
백 가지 인종이 만나던 광장

지배권을 이어받은 나라들의

얼룩이 아직 지린내 풍겨도

무심한 표정의 골목은

눈썹을 올리며 늙고 있다

* 믈라카: 말레이시아 서해안 남부의 항구 도시

소싸움

까만 소는 미친 듯이 흥분했다
세 발과 꼬리를 허공에 치켜든 채
앞발로 황소의 목덜미를 누르면서
두 뿔을 바싹 들이댄다

공격당한 황소는
고개와 꼬리를 숙인 채
큰 눈을 멀뚱거리고 있다

다음 순간에 솟구칠 피가
바탕에 흥건하다

이중섭은 그림이 안 팔려
좌절하다 세상을 떠났다
그는 날뛰는 흑소였을까
아니면 억눌린 황소였을까

인정받지 못한 분노와

어쩔 도리 없는 무력감

두 마음이 한 액자에 담겨

아직도 서로 씩씩거린다

꿈을 위하여

침대는 꿈을 꾸게 하고,
의자는 꿈을 이루게 한다고
광고가 말한다

그럼 책상은?
꿈을 외우게 한다

그럼 식탁은?
꿈을 살찌게 한다

그럼 소파는?
꿈을 해석하게 한다

그럼 벤치는?
꿈을 점검하게 한다

감정 연주

슬플 땐 스타카토로 짧게 끊고

기쁠 땐 레가토로 부드럽게 잇고

사랑할 땐 테누토로 충분히 늘려라

시간 단위

세수 두 번 하면
하루가 간다

장 한 번 보면
일주일이 간다

공과금 내면
한 달이 간다

혈압 약 타면
한 계절이 간다

생일케이크 먹으면
일 년이 간다

자동차 바꾸면

십 년이 간다

직장 그만두면

육십 년이 간다

다이애나 스웨터

흰 양 떼 속 검은 양 한 마리
돋보이는 스웨터 입었던 다이애나
그녀는 왕실의 검은 양이 되어
흰 양 떼의 공격에 맞섰다
작은 뿔을 이리저리 치받았지만
드라마 주인공 대접을 받았을 뿐
양 울음은 이내 그치고 말았다

검은 패딩들 인파 속으로
연두색 패딩이 지나간다
등을 움츠린 중년의 남자
무슨 할 말이 있는 걸까

내 옷장 속 핑크 패딩
이번 겨울에도
바람 한번 못 쐬었다

예술이란

Art, Tar, Rat

예술이란
끈끈하고 시커먼
타르에 빠진 생쥐처럼
허우적거리고 미끄러져도
또 한 발 내미는 일

자기교육헌장

우리는 자아 중흥의 역사적 사명을 띠고 이 땅에 태어났다. 자신의 빛난 얼을 언제나 되살려, 안으로 물질 존중의 자세를 확립하고, 밖으로 외양 관리에 이바지할 때다. 이에, 우리의 나아갈 바를 밝혀 처세의 지표로 삼는다.

경쾌한 마음과 민첩한 몸으로, 정보력과 득템력을 배우고 익히며, 타고난 저마다의 취향을 계발하고, 우리의 명품을 약진의 발판으로 삼아, 과시의 힘과 자존의 정신을 기른다. 유행과 브랜드를 앞세우며 신상품과 한정판을 숭상하고, 고가와 명성에 뿌리박은 플렉스의 전통을 이어받아, 명랑하고 따뜻한 구매 정신을 북돋운다. 우리의 소비와 품격을 바탕으로 경제가 발전하며, 신분의 상승감이 나의 발전의 근본임을 깨달아, 소유와 지위에 따르는 책임과 의무를 다하며, 스스로 오픈런에 참여하고 재테크하는 시민 정신을 드높인다.

소셜미디어 활동에 투철한 참여 정신이 우리의 삶의 길이며, 페르소나의 이상을 실현하는 기반이다. 길이

후손에 물려줄 영광된 애장품의 앞날을 내다보며, 신념과 긍지를 지닌 세련된 패피로서, 검색의 슬기를 모아 줄기찬 노력으로, 새 자기애를 창조하자.

돌아선 구두

지진이 난 걸까
땅이 푹 꺼진다

아래를 보니
오른쪽 굽이
밤도망을 갔다

새뜻한 정장의 짝으로
십 년 만에 간택되어
코 반짝이며 나섰던 외출

님 그리다

돌이 된 여인이

돌아온 님의 손길에

모래로 스러졌다는 전설처럼

구두도 골병든 지 오래였나

깨금발로

속죄의 순례 떠난다

광복절

나라가 해방된 날
격리에서 풀려났다

코로나바이러스의 압제에
일주일 동안 눌려 지냈다
아직 후각은 못 찾았지만
제정신은 돌려받았다

점령군에게서 풀려나
정세 염탐하듯 외출하니
그새 더 무성해진 잎새들
깃발 흔들며 환영한다

자유, 만만세!

둥근 별

별은 둥글다
씨앗과 열매, 눈동자처럼

별은 낳는다
꿈을, 삶을, 빛을

둥근 얼굴들
교실에 은하수로 모여 있다

느린 마을

자잘한 포구가 많은 마을
처음에는 찬사로 반겼지만
닷새 지나자 일상이 보인다
골목과 밭에서 오가는 이들
그 느리고 막막한 몸짓이
마을을 붙들고 놔주지 않는다
지팡이에 몸을 의지한 태양은
빈 논에 주저앉아 누울 태세다

이토록 도시에 중독된 줄 몰랐다
쌩쌩 달리고 핑핑 도는 소용돌이,
기름때 냄새난다며 빠져나왔다
펼쳐지고 늘어지는 곳에서
불안 대신 평안을 누리려 했건만
소매 잡힌 혈류는 짜증만 낸다

파도가 다가와 코웃음치며
소금물을 내뿜고 달아난다

눈

아득히 높은 곳에서
날개에 붙어 있던
깃털이 고요히 내려온다

깃털은 땅 위에 쌓여
차곡차곡 날개가 된다

날개를 밟으면
속뼈 부서지는 소리가 난다

살며시
날개 하나 주워
어깻죽지에 대 본다

저수지 낚시꾼

바다도 강도 아니다
파도도 윤슬도 없다
수면 중인 수면에 꽂힌 화살 하나

눈빛으로 물고기 잡을 듯
그는 눈도 안 깜박거린다

시선이 향한 곳은
뒤척이지 않는 검은 물
기다리다 성난 낚싯대
팽팽함을 잊은 나일론 줄
미끼도 못 꿴 바늘

고개 들더니

그는 낚싯대를 올려

저수지 같은 하늘 향해

바늘을 저 멀리 던진다

구름 한 마리라도 낚을까

한파

지하 주차장에서
들고양이가 차 밑으로 숨는다
숲 넘고 길 건너 몸 녹일 곳 찾았다
차는 이불이고 엔진 열기가 난방이다

고양이는 어깨 좁히고
맨발로 온도 추적하며
집 나간 어미 품 같은
따뜻함을 찾아왔다
먹이나 동생 걱정도 잊고
맑은 목표 하나만 남겼다

추위는

무엇을 얼리기 위해서가 아니라

자신을 알리기 위해서 들이닥친다

상대를 채찍질하며 구석으로 몰아

그가 오들오들 떨며 경배하길 원한다

새끼고양이 앞발 모으고 있다

구두코

옛날 탈린에선
구두코가 길수록
부자였다네

어떤 구두코는
넝쿨처럼
다리를 감았다네

구두코는 점점
목까지 올라가
올가미가 되었다네

뭉툭한
내 구두코 데려와
흙먼지 닦아 준다네

제헌절

7월 중순, 태극기가 길가에 걸렸다

열 살 아이, 고개 갸우뚱

태극기를 왜 걸었지? 복날이라 그런가?

법은 멀고 더위는 가깝다

아를의 밤

고흐가 지키던 별들이
선득한 론강을 내려다본다

쇠약한 카페의 테라스
누리끼리한 벽과 차양이
푸르죽죽한 저녁을 맞이할 때
탁자의 커피는 식어 간다

카페는 더 밝아야 했다
론강은 더 맑아야 했다
별빛은 더 빛나야 했다

그림처럼 가꾸기 위해
풍경에 덧칠하려는데
아를은 미간 찌푸리며
시적시적 돌아앉는다

4부

오너라 오로라

내 영혼의 다락방에 쌓인

먼지구름을 쓸어 가다오

오너라 오로라

안개꽃 별이 핀 밤
삼각 천막 옆에서
마음껏 부르리라
오너라, 오로라

새벽을 베는 바람이
예언이 담긴 편지를 들고
하늘 문으로 들어가는구나
금마차 타고 채찍으로
초록빛 길을 뿌려다오
옐로나이프의 밤은
바다보다 맑고 깊으니

빈 가게 창가에

홀로 앉은 시린 저녁

전광판은 오로라보다

현란하게 자이브를 춘다

별자리 말고 자신을 보라는

플라스틱 유혹 대신

북극 향해 고개 돌린다

태양이 술에 취해

스카프 풀어 너울거려도

부끄러운 허물이 아니니

내 영혼의 다락방에 쌓인

먼지구름을 쓸어 가다오

그날엔

오너라, 오로라

감탄사

시냇물 양쪽에서
벚꽃이 환히 웃는다
순산한 봄을 자축하며
양손의 응원 수술 찰랑인다

일 년에 한 번이라도
온몸을 터뜨려 속에 품은
열망을 퍼뜨리는 너에 비해
나의 봄은 얼마나 가난한지

너에게 줄 것이 없구나
형용사 동사 명사 부사
바람결에 다 날아가 버려
네 목에 걸어 줄 것이 없구나
깊이 숨은 감탄사밖에는

유채꽃밭에선

눈 떠도

눈 감아도

그저 노랗다

거제도 바닷가 유채꽃밭에

축복의 빛살이 쏟아진다

바람은 잎새의 겨드랑이 간지럽히고

꽃들은 엄살을 떨며 하르르 웃어 댄다

파도가 부르는 동요에 맞춰 춤추는

병아리 계절의 재롱이 유치원에 가득하다

해먹과 거미줄

소나무 아래
해먹에 누웠다

솔잎을 잇는
거미줄이
햇빛에 반짝인다

누가
미로를 걸어 놓았나

해먹도
시간을 자아서
그물을 쳐 놓고
기다리던 중이다

흔들리는 잡념 중에

어떤 먹이가 걸려들까

거미는 어딘가에 숨어 있다

봄이 솟다

ㅅ ㅅ ㅅ ㅅ ㅅ ㅅ ㅅ ㅅ ㅅ ㅅ

소 소 소 소 소 소 소 소 소 소

솟 솟 솟 솟 솟 솟 솟 솟 솟 솟

소삭소삭 속삭이며

생이 솟아나는 소리에

고개 솟구치는 봄은

싱숭생숭한 솟대

고양이처럼

높은 데서 뛰어내려도
사뿐하게 발 디디는
우아함을 닮고 싶어

마주친 쥐의 손발
얼어붙게 만드는
집중력을 배우고 싶어

볕 드는 곳 차지하고
당연하게 다리 뻗는
배짱을 갖고 싶어

누구의 관심을
구걸 안 해도 사랑받는
비결을 알고 싶어

아보카도를 먹고

아보카도를 먹고
씨앗을 버리려다가
빈 화분에 박아 두었다

겨우내 잠잠하더니
어느 봄날, 한 뼘 길이로
가는 줄기 하나 올라왔다

줄기나 잎을 만질 때마다
흙 속 둥근 뇌의 눈치를 본다
교활한 의도도 다 알 것 같은
기름진 지능이 촉을 세운다

일 년 뒤 화분을 엎었더니

뇌는 사라지고 신경만 남았다

땅속 더듬어 맛보고

위로 통신망을 뻗는 중이다

방에 갇힌 신세도

소식은 온통 궁금하다

흰 플라스틱 화분에

초록색 허리띠를 매 주었다

퍼질 기회

빅뱅에서 태어나
광천수로 잠입하고
찻잔으로 입맞춤하고
핸드폰으로 대화하고
전기차로 돌아다니며
수소폭탄에 숨어서
퍼질 기회를 엿보는
원소

나도
땅과 산, 바다에
몸의 조각을
뿌리고 다닌다
다른 존재의 원소도
몸 안에서 흐르며
나로 모여 있다가
밖으로 흩어진다

영원히 우주여행 중인

별빛 알갱이들

속고 살기

내 뱃속을 모른다
내 맘속을 모른다
내 앞일도 모른다

모르고도 잠자니
속도 없다
속속들이 알아봐야
속앓이만 늘어날까
속고 산다

담쟁이

담쟁이가 도망간다
어둑한 그늘에서 달아난다
푸른 힘줄 돋은 손 뻗쳐
상처에서 흘러나온 끈적한 지문 남기며
거뭇한 이끼 덮인 과거에서 멀어진다

덩굴처럼 얽힌 인연의 사슬이
잡아당기는 두려움의 그물망
모질게 바짝 뒤를 쫓지만
신음 한 잎, 눈물 한 잎으로
돋아난 잎사귀들이 뒤에서 밀어 준다

변종 콘크리트 감염에서 벗어나려고
담 너머 먹먹한 낙원을 가늠하며
담쟁이가 필사적으로 도망친다

노 젓기

슬로베니아 블레드 호수는 단잠을 잔다

위로 흘러가는 조각배는 꿈결을 따라간다

스물 갓 넘은 뱃사공에게 장인은 노를 물렸다

그의 어깨에는 벌써 둥근 동작이 올라앉았다

그는 물의 뒷덜미를 끌어당겨 자장가를 젓는다

호수는 그의 한평생을 무등 태우고 어를 것이다

기대치

남이 준 식은 커피와
내가 먹다 식은 커피
둘의 맛은 같지 않다

남자의 칼

백마 타던 기사는
전쟁터에서 장검 휘둘러
나라 구한 영웅이 되고
훈장과 전리품 얻었다

지금은 흰 앞치마 두른 채
주방에서 식칼 번쩍이며
명령 아닌 주문을 받고
고기의 피를 손에 묻히며
포연 대신 탄내 마신다
쓰러진 입맛을 구출하면
별점과 포상에 인기 얻는다

백기사의 칼은 도마 위에서
가장 맛깔나게 절창한다

내리막

힘든 것은 오를 때지만
다치는 것은 내려올 때더군요

내리막에서 넘어졌어요
순식간에 발을 잘못 디뎠어요
창피해서 얼른 일어나 손 털었지만
무릎이 까지고 손목도 아프네요
더 천천히 걸었더라면

아니,
요즘 맴돈 생각으로
남이 무릎 꿇기만 바랐는데
내가 허물어져야 했나 봐요
맥없이 도리 없이 그렇게요

편해 보이는 길이 더 위험한 걸
내리막에게 절하고 알았어요

물타기

커피에 물을 타 마신다
맥주나 와인에도
맵거나 뜨거운 국에도
슬픔이나 기쁨에도
이별이나 사랑에도
물을 붓는다

폭풍을
미풍으로 희석하는 의식

물 타서
밍밍하고 밋밋하게
마신다

벗겨진 신발

버스 계단을 오르다가
훌떡,
벗겨진 신발이
아래 칸에서 날 쳐다본다
몸을 굽히기도 전에
뒤따르던 아가씨가
얼른 집어 올려 준다
신발은 황송한 표정이다

어느 날 내 앞에서
당연한 신뢰 한 짝
훌떡 벗겨질 때
나도 집어 돌려줘야지
흙 묻고 냄새나도
얼른 들어 올려야지
망설이지 말아야지

철새처럼

하늘이란 바다를
상어처럼 헤엄치며
철새 무리가 지나간다

개울 위 청둥오리
겨드랑이를 털고
왜가리와 백로도
돌 위에서 낮잠 잔다
모두 지느러미가 말랐다

달려가 후드득 쫓는다

어서 멀리 가라고
갔다 돌아오더라도
다시 떠나 보라고

철새처럼
저 높은 바다로

봄은 건달이로다

주먹으로 물관을 뚫어
막힌 혈액이
철철 흐르게 하는도다.

용틀임 문신의 아지랑이로
애욕의 충동을
활활 일깨우는도다.

꽃들을 내세워 벌을 불러
열매를 화대로
듬뿍 맺게 하는도다.

칼바람을 순서대로 날려
낙화의 영역을
엄히 관리하는도다.

탈출 계획

이 길이 아닌 저 길에
이 일이 아닌 저 일에
백합이 피어 있고
카펫이 기다린다고

현실은
일상의 쓰레기가 담긴
검은 비닐봉지라면서
그는 자신의 고치를
탈출할 계획을 색칠한다

알록달록한 목표는
하나둘 숨소리를 낮추고
지그재그에 갈팡질팡
굴뚝 속 헤매다 나왔는데
적나라한 햇빛이
검댕이 묻은 몸을 비춘다

떠날 수도

머물 수도 없는

젖은 혁명이

외줄 위에 널려 있다

노을

몸이 두터운 범종이
울리며 산 고개 넘는 소리

은퇴한 남자가 다리 밑에서
색소폰으로 부는 마이웨이

아궁이에 불 지펴
무쇠솥에서 뜸 들이는 밥 냄새

아들 결혼시킨 여인이
스카프에 뿌리는 사향 향수

오래 숙성된 위스키가
얼음에 풀리는 싸드름한* 맛

카페에서 홀로 마시는
시큼한 히비스커스 차 한 잔

창가의 소파에서 쉴 때

배에 올라앉은 반려견의 온기

능선이 매일 바뀌는 사막에서

낙타 걸음에 휘날리는 모래 먼지

노을은 그렇게 퍼져 간다

* 싸드름하다: '쌉싸름하다'의 강원도 사투리

돌의 입

돌은 물로 말한다
머나먼 별의 과거
지겹도록 툴툴댄다

돌은 물로 웃는다
친구들과 치고받고
장난치며 깔깔댄다

돌은 물로 운다
깎이고 깨진 상처
부여잡고 엉엉댄다

물은 돌의 입이다

5부

유쾌한 감금

바다에 감금되어야

해파리는 놀 수 있다

피아노에서 나온 영웅

피아노에서 영웅이 걸어 나온다
그는 말에 올라 군사를 이끌고
들판과 계곡 휘젓더니
산등성이 넘어 숲을 헤맨다

세상 덮을 의욕은
피아노 상판 같은 가슴에 품고,
천지 떨게 하는 투지는
현 위의 해머 같은 다리에 담았다

손가락은 목적지를 가리키고
포도주 대신 피비린내에 젖어
갈고닦은 전투력을 연주할 때
망토 자락은 솟구쳐 휘날린다

고된 임무를 완수한 뒤에

영웅은 다시 안으로 들어갔지만,

거칠었던 말발굽의 여운으로

피아노 다리는 아직도 떨린다

추종자를 위해

영웅은 도돌이표를 남겼다

발 하나 더

빗방울은
추워지면
발 하나 더 내밀어
육각 낙하산 펼치면서
눈꽃이 되어 내려앉지

눈물도
추워지면
눈꽃으로 피어날까
발 하나 더 내밀어
살랑 날 수 있을까

달의 위로

오른쪽 하늘에
하얀 달

한참 걷다 보니

왼쪽 하늘에
노란 달

나무들이 빙그르
에워싸며 돌아간다

멍하니 서 있으니

원래 구부러진 길이라고
달이 등 두드려 준다

막타령

막사발에 부어서
막걸리를 마시고
막국수도 먹고서
막타령을 부르고
막춤 흔들어 대면
막장 인생 되려나

대충대충 설렁설렁
허허실실 헐렁헐렁
막역하고 막연하니

막 했다고 비웃거나
막말 말고 그냥 두세
막막해서 그런 거니

겨울 호숫가

갈대숲에서 나온 오리 몇 마리가 얼어붙은 호수 위를 걷는다. 발바닥을 찌꺽대며 몸 가누기 힘들어 투덜댄다. 해가 먼 산 뒤로 일찌감치 이불자락을 펼치는 동안, 물로 내려앉은 오리들은 불평을 그치고 한데 모여 노를 젓는다.

무심한 날씨 속에 잔가지도 얼은 듯 멈춰 선 채, 커서처럼 눈만 껌벅인다. 정지된 배경 화면 속으로 들어가 살얼음 깨뜨려서라도 잠자는 구름과 바람을 클릭하고 싶은 날이다. 안 그러면 마법에 묶일까 봐 오리는 수면에 글자를 연달아 입력하며 달아난다.

생각의 순서

저 꽃은 너무 예쁜데
따다가 병에 꽂을까
그럼 남들이 비웃겠지

창조물이 마음에 든
신의 감탄에서 시작해
자신 위해 대상을 취하는
동물의 본능이 드러났다가
양심이 꿈틀거리는
인간의 도덕으로 주저한다

생각의 순서도
신, 동물, 인간이라는
존재의 순서를
따르는 것일까

유쾌한 감금

빗줄기가
몸을 가둔다
달려도
쫓아와 또 가둔다

투드득, 투드득
창살이 부서지며
파편이 튀다가
가장 깊은 곳에 숨은
촉수를 두드린다

말라 가던 몸이
허리를 활짝 펼친다
바다에 감금되어야
해파리는 놀 수 있다

딴죽 걸기

신성한 것은 없다나 뭐라나. MSCHF, 미스치프 예술가 그룹의 발칙한 장난질을 엿볼까.

설탕 담긴 캡슐 이름은 KILL PILL이다. 설탕 많이 먹으면 죽는다는 경고인가, 자살용 약인가. 뭐든 먹으며 살다가 죽는 인간이기에 그 약 먹어도 빨리 안 죽는다는 항의는 안 통한다. 무슨 약인들 믿고 먹으면 효과는 좋지 아니한가.

밸런타인데이에 외로운 이를 위한 한정판 심장충격기는 사연이 당첨된 4명에게만 팔았다. '깨진 마음'이란 문구 새겨진 기기는 투자 가치 있는 구호품이다. 그들은 그 기계로 남들은 다 즐기는 날이란 강박에서 벗어날까.

산업용 윤활유 냄새나는 향수는 육체노동자를 떠올리게 한다. 강한 남성에게 끌리는 사람을 유혹하기에 최적이다. 누군가에겐 윤활유보다 더 이상한 냄새도 훨씬 매력적이다. 식물이나 동물 냄새만 좋아하란 법은 없지 않은가.

조류도감 형식의 책표지에 제프 베이조스, 빌 게이츠, 마크 저커버그의 얼굴이 있다. 이 책은 미국 500위 부자의 이름과 주소, 사업체를 공개한다. 일반인 정보를 수집하는 그들의 정보를 우리도 알아야 공평하지 않나.

미국에서 금지되거나 제한된 음식인 말고기, 구더기 치즈, 복어 맛이 나는 감자칩 봉지도 있다. 먹지 말라면 더 먹고 싶다. 과자 한 입으로 말고기에 대해 몇 마디 하고 구더기나 복어를 상상하며 소름 돋는다면 짜릿하지 아니한가.

소금 한 알보다 작아 현미경으로 보는 루이뷔통 핸드백은 기능은 사라지고 브랜드만 남은 결정이다. 실용성은 없지만 고가로 팔렸다. 하나밖에 없는 물건을 소유하려는 욕망은 유사 이래 못 말리는 일이 아닌가.

에르메스 버킨 백의 가죽은 해체되어 버켄스탁 샌들이 되었다. 손 장식이던 백이 발 장식 샌들로 내려왔다. 제인 버킨도 버킨 백을 짓밟아 자신이 백보다 위에

있음을 보여 줬다. 옷방이란 신전에 버킨 백을 우상으로 모신 추종자에게는 충격일까.

색색의 동그라미들이 그려진 데미안 허스트의 작품은 동그라미 한 개씩 담은 액자들로 나누어졌다. 허공에 걸린 빈 액자가 허심탄회하게 묻는다. 작품은 오려져 분해되면 가치를 잃는 것인가 아니면 틀에서 해방된 것인가.

MSCHF는 뉴욕 브루클린에 모여 누구를, 무엇을 놀릴까 작당한다. 이들은 허점을 꼬집고 비틀고 찌르고 간지럽힌다. 한정판 마케팅은 대놓고 따라 하지만, 작품에서 작가를 강조하지는 않는다. 자기가 놀려 댄 대상처럼 유명해지면 안 되기 때문이다. 큭, 꼬인 스텝에 그들이 스스로 자빠지면 이 또한 걸작 아닌가.

대부도 해거름

울음이 터질 듯
충혈된 눈동자가
바다를 넘어가네요

은퇴 고별 무대에 선
여가수가 눈시울 붉히며
마지막 가락을 삼키네요

다음 날 라디오에서
그이의 익숙한 노래가
서서히 밝아 오네요

나의 문제

고양이가 무심히
빛 오라기 한 올 한 올
털 사이에 심으며
가뭇가뭇 졸고 있다

넌 삶을 즐기는 거니
아니면 낭비하는 거니

난 네가 부러운 거니
아니면 한심한 거니

넌 아무렇지 않은데
내가 문제구나

시는 시녀다

시는
언어의 시녀다

대 물린 자산에
까슬한 눈매 지닌
주인을 위해

섬세한 귀와
묵직한 입술로
고개 숙인 채,
나직한 부름을
기다린다

자신을
사리고 사르며
주인을 모신다

보리암, 노량, 노도

이성계가 백일기도한 보리암
금산의 우뚝한 바위와
대양까지 뻗는 산세는
새 나라와 왕을 세웠다

이순신이 왜적과 싸운 노량
거센 물살이 흐르는 목구멍은
그 안으로 왜적은 삼키고
구국의 운명은 밀어 줬다

김만중이 유배된 노도
벽련마을에서 배로 오 분 거리 작은 섬
장희빈에 휘둘린 숙종은 사씨남정기에,
서포의 시린 욕망은 구운몽에 가두었다

산은 정치하고
물은 전쟁하고
섬은 문학한다

아람의 때

밤나무 털지 마라

어둠 속 씨밤은
두 눈 똑바로 뜬 채
알알이 자식 품고
아람의 때를 기다린다

문 열리면
반들반들한 밤들 절로
튀어나와 털을 말린다

밤나무 흔들지 마라

흐르는 행복

행복은
시시한
시냇물

시시콜콜
알콩달콩
오손도손
두덜두덜
흘러간다

해바라기 광장

    자다르 광장에 봄이 도착했다. 회색 구름이 낮게 깔리고, 네 시 반이면 해가 지는 겨울 지나 도시는 돌아온 님을 맞는다. 사람들은 노천카페 의자에 몸을 빨래처럼 널어놓았다. 겨우내 곰팡이 핀 구석구석 말리면서 폭신한 미소를 구워 낸다. 오가는 사람에게 보송보송한 머리카락 뽐내며 커피를 한 모금씩 마신다. 발칸의 바람은 누구라도 발칵 붙잡아 수천 년 묵은 사연을 발각시키려고 움찔거린다. 늙은 이끼 입은 건물은 대리석의 깨어진 틈새와 총탄 자국을 내밀어 보인다. 근육과 흉터가 교차된 무늬로 짜인 거리에 누운 광장이 흥과 한이 섞인 노래를 흥얼거린다.

무인도

고독을 견딜 자신이 있습니다

그는 무인도에 왔다
전쟁영웅이 아닌 등대지기로 왔다

사 년의 참전 동안
감정을 가질 사치도
양심을 가질 여유도
의문을 가질 필요도 없었다

고독은 즐길 자신이 있었다

혼자 살아남았다는
죄의식의 감방에서 벗어나
홀로 살아야 하는
생존력의 시험대에 섰다

파도와 손 마주 잡고

바람과 뺨 인사하고

등대와 등 비벼 대고

바위와 속삭이는 곳에서

사람이 아닌 자연 한 마리로

반 잠

자긴 자는데
어두운 구석에
샛별이 떠 있다

나방이
빛 주위 맴돌며
비늘 가루 뿌려 댄다

향기 찾아
이리저리 겨누느라
바쁜 더듬이

뿌연 밤이
파닥거리는 나를
흘기며 찡그린다

시한부 선물

할아버지네 크리스마스트리는 너무 작아
산타가 그 아래 어떻게 선물을 놓지?
준이가 묻는다

할아버지는 손 내밀어 받는다
준이가 더 크면 못 받을
새싹 같은 선물

숨쉬기

내가 숨 내쉬면
나무는 내 숨 먹고
꽃을 피운다

나무가 숨 내쉬면
난 그 숨 마시고
꿈을 만든다

숲 안에서 내가
두근거리고
내 안에서 숲이
출렁거린다

시끄러운 발바닥

내가 요즘 좀 아프단 말이야. 네가 누웠다 서거나 걸을 때 내가 아야야 비명 지르는 소리 들었지? 그럴 때마다 너도 얼굴을 찡그리잖아. 내가 네 나이만큼 아니 돌 지나 걸음마 시작 이후로 널 업고 다닌 상머슴으로 섬긴 것만큼은 너도 인정해야지. 난 널 받드느라 지게꾼처럼 허리가 휘고 굳은살투성이가 되었지. 그동안 이리저리 뛰고 오르내리며 혹사해 병이 생겼지만 엄살을 안 부려서 넌 나에 대해 관심이 없었지. 이건 일종의 화병이기도 해. 내가 성내면 네 존재도 뒤흔들리는 건 알고 있겠지?

발바닥으로 살아가기는 쉬운 일이 아니야. 양말에 신발까지 이중 감옥에 갇혀 칠흑 같은 어둠 속에서 숨도 제대로 못 쉬고 햇빛도 못 보잖아. 거기다 인체 중 가장 많은 땀샘을 가졌으니 시큼한 고린내가 온몸에 배어 있지. 평생을 땀범벅으로 곰팡이 창고에서 지내는 기분을 알아? 시간이 지날수록 넌 무게가 점점 늘고 걸음이 둔탁해지더군. 탄력 있던 발꿈치도 덩달아 얇아

졌고. 내가 진작부터 푹신푹신한 밑창을 요구했는데도 넌 발등과 굽만 보고 신발을 골랐어. 이젠 신발장을 열고 날씬하고 예쁜 구두를 보며 한숨 쉬지만 내가 보기엔 불량식품처럼 쓸데없는 유혹거리일 뿐이야.

난 둔한 듯 보여도 엄청 예민해서 촉감을 손바닥만큼 민감하게 포착하지. 바닥이 미끄러운지 딱딱한지 울퉁불퉁한지 신발을 신었어도 다 느끼고 너에게 신호를 보내잖아. 이렇게 항상 신경 곤두세우느라 피곤하지만 너를 위해 참는 거야. 너도 이젠 산이나 돌길은 피하고 포장된 길로만 주로 다니더군. 내가 가장 좋아하는 곳은 풀밭과 모래사장이야. 풀밭은 걸을 때마다 구름 위에 뜬 듯 날 미소 짓게 하지. 모래사장은 또 어떻고. 네가 언젠가 바닷가에서 날 내놓고 즐거워하던 때가 생각나. 난 발가락 사이로 빠져나가는 따끈따끈한 모래와 장난을 쳤지. 항상 맨발로 다니는 동물이 잠시 부러웠어. 다칠 위험도 있지만 세상을 더 잘 이해할 수 있잖아. 운이 좋으면 발자국 화석으로 나를 영원히 기록할

수도 있고. 그런 거창한 욕심은 이제 접었고 아프지나 않으면 좋겠어.

　너도 요즘 내 비위를 맞추느라 노력 중인 거 알아. 주무르고 눌러 주고 쓰다듬고 로션도 발라 주니 황송하지. 내가 불가촉천민인 양 만지길 꺼리더니 너도 철이 드나 봐. 자세히 쳐다보더니 족상 보는 법을 검색하고 행운과 부귀선이 있나 족금까지 들여다보는 것도 관심의 증거겠지. 가끔 족욕을 할 땐 온몸이 녹아내리고 긴장이 풀어져 널 용서할 마음이 땀구멍마다 솟는다니까. 날 손바닥만큼만 대접해 줘. 기어다닐 때만 해도 같은 처지였는데 차별하면 기분 나쁘잖아. 내가 화를 다 풀려면 시간이 좀 걸릴 거야. 나도 갑에게 을질 좀 해 보자고. 그래야 너도 한 걸음마다 내 눈치를 볼 거니까. 어쨌거나 우린 한 팀이니 파이팅! 발가락이 으쌰 으쌰, 손뼉 아닌 발뼉이 짝짝짝!

첫눈

잠 깨운 추위에
두리번거린다

허공 모은 냄새에
크그긍거린다

소리 없는 파동
살긋이 엿듣는다

꾸벅이는 갈대 솜털
사르락 만져 본다

구수한 흙내음에
지르르 침이 고인다

눈송이는 언제나
첫눈으로 온다

인생이 하루하루
첫 세상인 것처럼